井口時男句集

iguchi tokio

をどり字

深夜叢書社

をどり字　目次

装丁　髙林昭太

をどり字

井口時男句集

句帖から

二〇一五年

追悼　辻章
五月一日、辻章氏の訃報あり。辻氏は私の「群像」新人賞受賞時の編集長であり、早くに退職された後、作家として活動された。氏は二〇〇六年から二〇〇九年まで個人誌「ふぉとん」を発行され、私はそこに『少年殺人者考』を連載した。そして氏は、何より、二十五年ほど前の一夜、酔った私の愚行が招いた自業自得の危難に際して、文字通り私の「命の恩人」なのでもあった。

光量子《ふぉとん》降りやまず雲雀は空に盲ひたり

別れ来てニセアカシアの花に遭ひ

夢の世にしらす飯啖ひ愛を説き

（永田耕衣による）

くゆらせば灯台とほく陽炎《かぎろ》ひて

マドロスになつて帰省す椎若葉

緑陰やいざ灰皿の円居《まどゐ》せん

新宿の夜のみどりに殉情す

日本民家園にて五箇山芸能を観る　二句

おもしろくさゝら鳴らせや青葉風

五箇山のなまづ串焼き香ばしき

なにがなし紫煙たゆたふ梅雨じめり

時計草正午の空の翳り初め

カラスウリ花は火星の傍《わき》で見た

句集『天來の獨樂』の「あとがき」を記しつつ

死語の海泳げば傾く柄杓星

ピーカンの空に翳あり原爆忌

喫ひ付けて女はしやがむ路地の夏

喫ひ口の紅にネオンの熱帯夜
冷房に紫煙くゆらし書きあぐね

送り火やメビウスの環のうらおもて

夕づゝの交信乱れ蚊喰鳥

猫引き連れて草の隠者の夕涼み

つゆ草やわが郷愁のピアニシモ

猫めらもそれへ控へよ月が出る

秋天やタバコ手向ける墓は一つ

秋空に形見のパイプ失へり

秋うらゝポパイもパイプも酔ひごゝち

朽ちるまで剝き身のいのち曼珠沙華

（齋藤史による）

西脇順三郎と富澤赤黄男とドストエフスキーに

あけび二つぶらさがつてゐる　永遠

秋の夜の濡れ吸殻や思惟萎えて

（金子兜太による）

灯下に重たし父の記名の「広辞苑」

満月や現身《うつそみ》なれば臭ひ立ち

月細る少年は肩を尖らせて

月細る少女は膝を抱きながら

藤沢・遊行寺にて一遍聖絵を観る。小栗判官の墓あり。二句

遊行寺の鴉もはしやぐ黄葉かな

えいさらえい黄泉にも運べこの黄葉

老媼《おうな》集ひて「ぎん〳〵ぎら〳〵」秋の暮

とんびひよろ〳〵釣瓶落しの陽は黄金

死ねば死にきり。
自然は水際立つてゐる。
——高村光太郎「夏書《げがき》」

「死ねば死にきり」皇帝ダリアと笑み交はし

枯むぐら影つどふ井戸ありと聞く

両切りやニッカポッカの日向ぼこ

荒星さわぐ強い煙草を喫ひ込めば
雪嶺や谺は己れに返るのみ

二〇一六年

初空や化鳥のやうな爪ばかり

笑ふく化鳥の爪は舞ひ狂ひ
夕焼けの黄金《きん》の飛沫《しぶき》に狂ひ爪

煙草《モク》頒けて草の隠者の年賀かな

初午や稲荷四体鼻ッ欠け

雪しきる朝乱丁の年代記《クロニクル》

岩牡蠣や若き漁師の喉仏

酢牡蠣喰ふ粟散辺地《ゾクサンヘンチ》の磯の村

かじかむや洋モク咥へて十四歳

凍ひばり墜ちて枯野の紀元節

希望あり蠟梅ひそかに莟み初む

郷愁の果てはとろけて春の水

むつみあふ鯉やとろ〳〵桃の花

春の水陽はしたゝりて魚ぬれて

花に酔ひ日の丸に酔ひはぐれ猫

草の隠者の夢のしとねに花ふゞく

神は小さく孤独はぬるし花襤褸

故・光部美千代さんに
宮坂静生氏によれば、光部さんが信州大学の学生句会で最初に作った句は
〈ヒヤシンス日数かぞへてごらんなさい〉
だったという。

消息は以来途絶えて風信子《ヒヤシンス》

梨の花月光千々に凝りたる

熊本の地震を想う

多摩川に雉母衣《ほろ》を打ち揺れやまず

どの盃もなみく受けよ花水木

海鞘《ほや》嗜《この》む壮漢《をとこ》となりぬ美少年

海鞘裂けば汐に夕陽の血の塗《まぶ》り

われもまた流竄の天使海鞘を啖ふ

はつなつの鬱塊となり象の病む

早苗風泥のアジアを愛せよと

痩せ牛をたゝく痩せ腕熱帯樹

五月晴れ過失自死なる死もあらん

さゞなみの空に五月を水葬す

梅雨闇の奥も梅雨闇雨を嗅ぐ

したゝるや青水無月の通夜の闇

つゆ草のひそかな目覚めさらば六月

タバコへし折れてゐる雨の星祭

アルビノの鳩の赤目の溽暑かな

白鳩の喉の細きに遠き雷

黒衣の俳人・齋藤愼爾句集『陸沈』に寄す。
「陸沈」は市井の大隠なり。『荘子』に出づ。

陸沈や幽明ゆらぎ黒揚羽

黒揚羽身重の天使ゆたくと

河川敷に少年泣けり夏蓬

古語変容　六句

たらちねは乳足らしたまふその血はや

烏羽玉の馬のたましひ冴返る

（塚本邦雄による）

ひさかたの久しき方ゆつばくらめ

あしびきの蔓足曳くや山響動《とよ》む

たまゆらの魂ゆらぐ夜のほたるかな

現身を黙《もだ》し通すや鬱の蟬

一瞬は天に水打つ蟬しぐれ

蟬として目覚め蟬として啼くばかり

夜のグラス墜ちて砕けて綺羅の夏

女ひら〳〵都市の余熱をまとひ来る

少女目覚め青りんご部屋に盈つ

をどり字のごとく連れ立ち俳の秋

秋天の疑問符となりぶら下がる

失せ物はライターだけかビルの月

平田詩織さんの「歴程」新鋭賞受賞を祝して

月蝕や琺瑯質の塔の夢

青い月夜だ電信柱を抱いて泣け

母の米寿を祝う　於越後湯沢

湯あがりの母乙女さぶ初紅葉

秋夜しん〳〵生あるものは息延びよ

猪撃つて夕陽にもらふ煙草の火

がつたりと天秤傾ぐや黄落す

喉元まで枯草を詰め父よ母よ

「陽へ病む」人と冬木にもたれこの一服

（大橋裸木による）

ライターの燧石《ひうち》が軋る寒鴉

二〇一七年

犇めいて「根付の国」の初詣

（高村光太郎による）

初芝居煙管八種《やくさ》に使ひ分け

脚萎えの少年うすら氷《ひ》を陽にかざし

あかときのうすら氷を踏み北へ発つ

隣人の訃をきく寒夜のエレベーター

寒雷や高層階の胴ぶるひ

切り立つて都市断崖の寒満月

海鼠には海鼠の神がぐにやくと

春動く遠方よりの招待状

はこべらや脱糞しつゝ犬は笑む

さわくと光は波の猫柳

ヒマラヤ杉に学帽投げ上げ卒業す

レッドロビン垣の翠《みどり》の秀《ほ》の炎《ほのほ》

まぼろしの花見る我ら日は傾き

錦鯉浮く春爛漫の死の豪奢

鴨番《つが》ひ了へ共に羽撃《はたゝ》く花いかだ

悔恨とろりと春夜の葉巻切る

「夕暮れはいやだ」と書いて春失踪

おぼろ夜の魚になりたし爪を剪る

もの云はぬ青春ありき郁子《むべ》の花

鼓舞するものあれ雉の声聞きたし

「共謀罪」鯉揉み合つて産卵す

日本語断想　四句

語関節脱臼全治一生犬陰嚢《イヌフグリ》

てにをはや流体日本語梅雨じめり

つゞめれば「あゝ」の二文字五月雨《さみだ》れて

口ひゞくはじかみ子音ひゞく修羅の日本語

下り立てば梅雨の没り日のにじむ街

青梅こぼれ少女は夏を待つばかり

青胡桃涙はこぶしで拭ふもの

ひと待てばのうぜんかづらの花たゆたふ

文を焼く炎のよぢれ藪萱草

雲は空を風はページを夏木立

翡翠《かはせみ》の残光眼裏《まなうら》の真昼闇

『永山則夫の罪と罰』出版　三句

炎天や紙の墓標は海の色

メールあり知己の言なり雷一過

メールあり文は孤ならず灯すゞし

つゆくさに黄金《きん》の蕊あり原爆忌

青海亀が街中を来る死者の夏

主は御手を拭ひて去りぬ死者の夏

蓮田善明論を書きつつ

國粋や病巣はなほ花のごと

女郎蜘蛛動かず夢で女になつた朝

またひとつ蟬手づかみにして笑ふ

蛇泳ぐ晩夏もの憂きジャズに揺れ

二〇一七年八月二十九日朝

「Jアラート」さわぎ青瓢簞ぶらり

朝顔の音階深空《ミソラ》空耳空見れど

徹夜目の荒れ目にしみる酔芙蓉

一夜茸肥り或る夜は犬の夢魔となる

赤剝けの鳩なりしもの露滂沱

鶏頭乱れ鉄パイプ錆び猫の道

周晨亮君からモンゴルの馬乳酒をもらった。革嚢に疾駆する馬の絵あり。

月にたてがみ蒙古の酒は酔ひやすく

同じくチベットの青稞酒も。

チベットの火酒を嘗めをり虫の闇

水の秋鷺は鷺どち鵜は鵜どち

書物閉ぢ来て闇に嗅ぐ金木犀

秋うらゝ大鍋煮込む印度人

マネキンの案山子遠見に鬼瓦

野分して母よ「ああ、また稲が倒れてしまう」

稲荷神社夜神楽　二句

月の夜の神楽嚠喨また颯々

蛭子《ヒルコ》二体這ふく捌《は》ける里神楽

秋霖や古稀を過ぎたる戦間期

柿の家菊の家また柿の家

一瓢載せ置く『高橋和巳全集』平積みに

うす霜の朝の剃刀切れやすく

何かが絶たれている。豊かな音色が溢れないのは、
どこかで断弦の時があったからだ。
——三島由紀夫「文化防衛論」

琵琶断弦いまふたゝびの霜の庭

冷え徹り輝《ひご》の樹幹を友とする

女たちまち路上に壊れ冬薔薇

鈑金叩き葉牡丹育て無口なる

冬茜人におもねる術知らず

先触れがことに悪声寒鴉

十二月十三日、黒田杏子さんらと熊谷の金子兜太氏宅訪問

兜太笑ひ兜太唄ひ日短し

冬の実粒々ひよ鳥がさわぐ

千の密室千の沈黙冬灯し

シェーンベルクの管弦きしる北は雪

甲羅剝ぎ脚を割き雪しんく

極月の碾臼廻り星遷る

わが愛する詩人たちの名によるアナグラム　三句

富永太郎

みな誰が徒労剝製の街暮れて

中原中也

やはらかな宇宙の縁《へり》の貝の肉

石原吉郎

意志は良し朗々《らうらう》満月北溟に照る

二〇一八年

人の日の我を誰何し大鴉

二〇一八年一月二十二日。初雪が大雪となったこの日夕刻、西部邁氏が昨日多摩川に入水自殺したとの報知あり。現場は我が住居より十キロほど下流。私は氏の主宰する「表現者」に三年間にわたる連載を終了したばかりだった。

多摩川に無神の自裁雪しきり降る

雪晴れや広重の青降るごとく

放屁して雪晴れの野の広きこと

猫が先触れ草の隠者の雪見舞

水ゆれひかり冬木の梢けぶり初め

二月二十一日朝、金子兜太氏逝去の報。

兜太あらず春寒を啼く大鴉

春寒し耶蘇の肋《あばら》を数へをり

くれなゐの春の瑞枝を陽のしづく

マンモスの節々ゆるび山笑ふ

山童《やまわろ》も笑《ゑ》らぎ出すげな花辛夷

連作　タバコのある風景

タバコほど世にいとはるるものはあらじ。そはかつて、うるはしき社交のなかだちにして休息と瞑想の友、またあまた天才たちの創造の助けたりしに。見えず臭はぬ放射線量の高きは文明の証なれど紫煙臭きは不潔野蛮の徴といふや。されど自然は太古よりつねに不潔にしてつねに健康なり。神経症めく衛生思想に偏したる社会こそ深く深く病むにあらずや。

　白い日常のあたまから灰になる

犇めいて「根付の国」の初詣

煙草《モク》頒けて草の隠者の年賀かな

初芝居煙管八種《やくさ》に使ひ分け

希望あり蠟梅ひそかに莟み初む

悔恨とろりと春夜の葉巻切る

消息は以来途絶えて風信子《ヒヤシンス》

くゆらせば灯台とほく陽炎《かぎろ》ひて

マドロスになつて帰省す椎若葉

緑陰やいざ灰皿の円居《まどゐ》せん

なにがなし紫煙たゆたふ梅雨じめり

タバコへし折れてゐる雨の星祭

死語の海泳げば傾く柄杓星

ピーカンの空に翳あり原爆忌

喫ひ付けて女はしやがむ路地の夏

喫ひ口の紅にネオンの熱帯夜

冷房に紫煙くゆらし書きあぐね

送り火やメビウスの環のうらおもて

夕づゝの交信乱れ蚊喰鳥

つゆ草やわが郷愁のピアニシモ

秋天やタバコ手向ける墓は一つ

秋空に形見のパイプ失へり

秋うらゝポパイもパイプも酔ひごゝち

秋の夜の濡れ吸殻や思惟萎えて

秋夜しんく生あるものは息延びよ

失せ物はライターだけかビルの月

とんびひよろ〳〵釣瓶落しの陽は黄金

猪撃つて夕陽にもらふ煙草の火

両切りやニッカポッカの日向ぼこ

「陽へ病む」人と冬木にもたれこの一服
荒星さわぐ強い煙草を喫ひ込めば

ライターの燧石《ひうち》が軋る寒鴉

雪嶺や冴は己れに返るのみ

かじかむや洋モク咥へて十四歳

＊以上三十三句。本編では独立した句として掲出したが、ここには連作として季節順に並べた。ほぼ二〇一五年春から二年間の作である。

一見タバコと無関係に見える句もタバコの銘柄を詠み込んである。「わかば」「メビウス」「ピアニッシモ」はそのまま用いたが、他は『古今集』巻十の「物名《もののな》」の技法に倣った。「物名」とは、たとえば「来《く》べきほど時過ぎぬれや……」に「ほととぎす」の名を隠す詠み方である。ただし、その正統な技法で作ったのは「ハイライト」と「しんせい」だけ。他のカタカナ銘柄は「ホープ」→「希望」のように翻訳して処理した。多少複雑な処理もある。

作句時に全国流通していた国産紙巻タバコの銘柄十種はすべて詠み込んだ。タバコに疎い読者のために銘柄を順に列挙しておけば、「ホープ」「ハイライト」「わかば」「セブンスター」「（缶入り）ピース」「メビウス」「ゴールデンバット」「ピアニッシモ」「しんせい」「金鵄」「エコー」の十一種。「ゴールデンバット」が戦中からの一時期改名した「金鵄」まで詠み込んだのは、この時期私が、戦時下の国粋主義文学者・蓮田善明について連載していたからである。

むろんこんな「種明かし」など気にせず、それぞれ自立した「作品」として読んで（批評して）もらってかまわないし、むしろそう望んでいる。

旅の句帖から

函館　二〇一五年八月　　四句

夏を背に夜景の街へ歩み入る

大森浜・啄木小公園

海暮れてはまなすの実のまた点り

立待岬

夏蝶の径は断たれてこの岬

函館ドック

向日葵も錆色に咲け鉄を打つ

四国の旅　二〇一五年十一月　　十四句

松山　二句

鯛飯に定まる秋の旅ごゝろ

秋の雨ターナー島を降りのこす

道後温泉

菊の香や漱石と子規と朝湯して

山頭火の一草庵

もてなしは一草庵の萩の露

内子町

木蠟や紅葉をせかす山の霧

旧大瀬村（大江健三郎の故郷）

森は深く谷間を閉ざす秋しぐれ

小豆島・尾崎放哉の墓

堂守の墓は小さき島の秋

祖谷渓《いやだに》　三句

夕闇の中、曲りくねった細い崖路が延々と続く。「展望台」の狭い路肩に車を停めたら、大柄の犬が二匹石段を降りてきた。並んで行儀よく腰を下ろし、物欲しげに我々を見上げる。どちらも痩せこけてあばらが浮いている。飼われていたのだろう、捨てられてもしつけを守っているのだ。ありあわせの小さな菓子を二つ与えて去る。彼らにもまもなく冬が来る。

祖谷渓の捨て犬あはれ夕紅葉

捨て犬の肋《あばら》にからむ蔦紅葉

飼はれたるもの飢ゑて哀しき祖谷の秋

大歩危《おほぼけ》の秋を土産に吉野川

阿波十郎兵衛屋敷にて阿波人形浄瑠璃

阿波の秋流涕焦がれ泣くこゝろ

阿波木偶人形会館

秋冷や阿波には若き人形師

桂浜

闘犬の目のおだやかに秋の雨

大阪　二〇一六年四月　三句

白つゝじ天満の水はゆたゝたと

四天王寺　二句

春の池甲羅ごろ〳〵ころげ落つ

風ひかる四天王寺の西の門

諏訪から木曾路　二〇一六年五月　八句

アカシアの花やたわゝ水車

安曇野・山葵田

諏訪法性の鷹を呼ぶべし青嵐

諏訪湖

五月雨や湖水を睨むつがひ鷹

諏訪大社

雨ざんざ昨日立ッたる御ン柱

岡谷蚕糸博物館にて祖母と母を想う

をんな二代節くれ指の真綿取り

野麦峠

熊笹や老鶯己が声に酔ひ

木曾福島

青高嶺鈴鳴らし行くランドセル

山したゝる坂の馬籠の五平餅

遠野から三陸海岸　二〇一六年七月　　三句

遠野

河童淵まどろみに咲く白日傘

三陸海岸　二句

浜に重機海山せめぎ海鞘《ほや》肥る

海山の傷口を縫ひ海鞘の浜

九州の旅　二〇一六年十一月末　七句

湯布院の湯に鬼柚子と浸かりけり

耶馬渓・青の洞門

洞門を抜けて惜しむや水の秋

奥耶馬渓

耶馬渓の水に暮れゆく秋の旅

阿蘇　二句

暁の星冷え〳〵と阿蘇眠る

朝霧や阿蘇の五岳もやゝ目覚め

高千穂　二句

霜月の旅の終りの神楽笛

夜神楽を夢に封じて霧の里

椎葉村

山翳り椎葉の野菊吹かれゐる

佐渡・新潟から黒部　二〇一七年五月　十五句

佐渡へ

列島の卯の花腐し横断す

佐渡二句

早苗田が海を見下ろす佐渡没り日

花桐を数へ〱て朱鷺の島

新潟市・寄居浜
中学生の坂口安吾がしょっちゅう授業をサボって寝ころんでいた松林

安吾午睡の夢にからんで蔦青し

長岡高専・高志寮

はつ夏の風と諸君の挨拶と

南魚沼市城内地域　三句

客人《まらうど》よ八海山麓緑を供さん

産土の神さすらふやまむし草

夕照の棚田なだらか藤の花

清津峡　二句

たをやかに峡《かひ》を守りて谷うつぎ

つばくらめ柱状節理をはすかひに

松之山・坂口安吾記念館（村山家旧宅）
玄関正面の大花瓶に十本ものまむし草が無造作に挿してあった。

まむし草活けて安吾の一睨み

魚津　二句

君ら駆けるヤマボウシ咲く通学路

海光や蜃気楼待つ馴染み連

黒部峡谷　二句

峡谷は花も緑の沢胡桃

緑なだれ落ちしゞみ蝶噴き上がる

随想

鼓膜の秋となりにけり

先日、初めての句集『天來の獨樂』(深夜叢書社)を出版した。本誌が二号からずっと俳句を載せてくれたおかげである。その本誌が今号で終刊だと聞いている。(もっとも、「第一期」の終刊なのだとも、毎号毎号が「一号一会」の終刊号なのだとも聞くのでよくわからない。)いつかは書いておきたかった「石原吉郎私論」を書けたのも本誌のおかげだった。いずれ石原の俳句についても書きたいのだが、二度で中断したまま再開のめどが立たない。(これは私の自己都合だ。)

そこで、近況報告と絡めて俳句について書いてきたこのコラムの最終回(?)に、石原の句を一句だけ紹介しておきたい。この季節になると必ず思い出す句だ。

街果てて鼓膜《こまく》の秋となりにけり

「鼓膜《こまく》の秋」がすばらしい。俳句的「節約《エコノミー》」の原理によって「詩《ポエジー》」が圧縮されている。

「風の音にぞおどろかれぬる」（藤原敏行）や「まなこを閉ぢて想ひ見るべし」（長塚節）に連なる聴覚で察知する秋だが、こちらは秋もやや深まったころ、視覚を制限された夜の句だろう。「街」の喧騒の遠く鎮まる「果て」まで彼は歩いたのだ。あてどない彷徨じみた夜の歩行にちがいない。（そんな歩行は誰でもする。）心中の想念に囚われていた意識がふっと内界を離れたとき、初めて、夜の底で鳴きしきる一面の虫の音に気づいたのである。

名句だと思う。『石原吉郎句集』（深夜叢書社）の中でも一番完成度が高い。だが、石原はこの句について一度も書いていない。彼が自作自解のたぐいで語ったのは、むしろ俳句としては「傷」のある作品ばかりだった。引用もせずにいうが、「傷」は彼の「詩」の痕跡である。もしかすると石原は、この句の「古典的」なまでの俳句らしさがかえって気に入らなかったのかもしれない。

「詩人」石原吉郎は三年ほど結社に属して俳句を作った。前号で書いた富澤赤黄男の場合（「草二本だけ生えてゐる」『天來の獨樂』所収）とは逆に、石原は詩（自由）という「異郷＝異教」から俳句（定型）へと接近し、離反したのである。

「僕らは定型に対して、常に不安でいなければならない。それは、定型に不安を抱いている者こそ、定型に対して生き生きとめざめているものだからである。」（「定型についての覚書」）

「不安」において独りめざめていろ、と「異教徒」石原吉郎はいう。だが、「定型」を「神

（キリスト）」や「救済」とでも置き換えて読めば、ほとんどこれは「教会」（結社）を批判して単独の「キリスト者」たらんとしたキルケゴールの言葉ではないか。そもそもイエス自身、ゲッセマネの最後の夜、弟子たちに、「めざめていろ」と命じたのだった。

二〇一五年十月記　「てんでんこ」八号

久保田万太郎の「なつかしさ」

俳句の最も「幸福」なあり方というものを思うとき、久保田万太郎を思う。
久保田万太郎は、俳句はあくまで「余技」であると言いつづけた。

「俳句」はいつか、わたしの公然《おつけ》晴れての「余技」になった。（中略）即興的な抒情詩、家常生活に根ざした抒情的な即興詩——わたしにとって「俳句」はさうした以外の何ものでもありえない。

最初の句集『道芝』（昭和二年五月刊）の跋文から引いたが、その後の句集でも同じことをくりかえし書いている。「余技」は万太郎における俳句の位置づけであり「抒情詩」は万太郎における俳句の特質規定である。

俳句が「余技」であり「趣味」であるというのは、何十万人何百万人いるやら知れぬ俳句人口のほとんどと同じ姿勢で俳句に臨むことを意味する。それは俳句が「幸福」であるために必須の姿勢である。

もちろんたんに生活の資を本業で稼ぐという仕事や経済のことだけでいうのではない。そのあたり、山本健吉が『現代俳句』で的確に述べている。

彼は俳句を余技と言っているが、それは彼の俳句が年季のはいった立派なものであるということと矛盾するものではない。ただ専門俳人との間に創作態度の違いが存在するのであって、彼にとって俳句は全面的な人間表現の場所でもないし、絶体絶命の一筋の道ではないということだ。言わば彼の不断着の文学であり、チェホフの『手帖』やルナールの『日記』に類する役割を彼においては果たしているのだ。

したがって、万太郎の俳句には無用の力瘤が入らない。破調がほとんどないし言葉に圭角がない。万太郎は句会などでも苦吟することなくすらすらと即吟したらしいが、たとえ苦吟することがあったとしても、句はその苦吟の痕をまったくとどめない。その意味でも、万太郎の句は「幸福」な姿をしている。

そのとき〴〵のいろ〳〵な意味に於ての心おぼえと、いふことは、わたくしにとつて、所詮は俳句は、わたくしの……小説家であり、戯曲家であり、新劇運動従事者でありするわたくしの「心境小説」の素《もと》に外ならないのである。

（『ゆきげがは』後記　昭和十一年七月）

「とき〴〵のいろ〳〵な意味に於ての心おぼえ」、つまり山本健吉の言う「手帖」であり「日記」である。「俳句の日用性」とでも言おうか。これもまた、おおかたの俳句趣味人たちにおける俳句のあり方に似ているだろう。よほど表現意識の高い作者でない限り、俳句の第一の効用は、自然詠であれ生活詠であれ、日録的なものが中心になるはずだ。

『心境小説』の素《もと》」というのもうまい言い方だ。

戦後の『春燈抄』の後記（昭和二十二年四月）では「いよ〳〵余情的に、いよ〳〵私小説的になり来つてゐる」と書いているので、万太郎自身は「心境小説」と「私小説」とを区別せずに使っているようだが、「私小説」にはいわゆる「破滅型」作家のイメージがつきまとうので、ここは「心境小説」の方がふさわしい。その区別に即していえば、俳句は決して「私小説」的に「告白」などしない。書くことによって身を破るのでなく、書くことによって「心境」の調和を保つのが彼の俳句である。だから万太郎は雑事多事の中での葛藤や煩悶をそのまま詠んだりしない。そういう記述は散文に任せておけばよいのだし、実のところ、万太郎は散文でもそういう「私小説」は一度も書かなかった。

一種の「日記」ではあるが「告白」ではない、というところに万太郎の俳句の微妙な位相がある。「余技＝趣味」としての彼の句に「努力」というものがあるならば、なにより、この微妙な位相のバランスを崩さず保ちつづけることにほかなるまい。

一方、短歌の下の句を捨てて独立したために十全な抒情の余地を失った俳句について、「抒情詩」だと言い切るところに万太郎の主張がある。

やはり『道芝』の跋文によれば、彼が俳句を作り始めたのは十七歳の時で、旧派・新派の区別があまりなかった時代だったこともあって、友人の縁で「秋声会」系統の句会に出始めたのだという。子規の随筆なども読んではいたというが、「秋声会」は分類すれば旧派である。この偶然の選択は結果的に万太郎のためによかったのではないかと思う。旧派の句会はすでに沈滞気味だったようだが、それでも、与謝野晶子や薄田泣菫のロマン的な詩歌を愛読していた十七歳の少年の物語趣味や抒情的傾向を矯め殺すことだけはしなかったからだ。「写生」一辺倒の新派の句会だったらそうはいかなかったかもしれない。

「写生」説は時代の「写実＝リアリズム」思潮に偏したものにすぎない。それは遊戯的文芸だった俳諧を「俳句」という「真面目な」近代的詩形式として自立させるためには有効だったが、俳句本質をリアリズムで覆うことなどできはしないのだ。

十七歳の彼が「秋声会」系の句会に出席し出したのが偶然だったのと同様、彼が中学で三田の慶應義塾に転学したのもたまたまだったし（数学の点が悪くて元の中学を落第したから）、大学の文科に進んだ翌年に文科の改革があって永井荷風が着任し「三田文学」が発刊されたのも偶然だった。しかし、自然主義嫌いを標榜していた万太郎の「唯美主義」は「三田文学」で所を得て、たちまち新進作家としてデビューし、しばらくは俳句への耽溺から遠ざかることになったが、俳句趣味は継続していた。

自然主義嫌いの彼が碧梧桐や井泉水らの「新傾向」や「無季自由律」の運動に一顧をも与えなかったのは当然である。


作者がその使ふ文字のうへに全く用意を欠いたり、必要のためにのみ徒らに調子のちがつた文字を羅列したり、さうして、切字《きれじ》といふやうな約束をわすれて、この短い詩形ばかりが特に持つてゐる音律について全く盲目なやうなものをわたしは何の価値もないものとする。――いふまでもなく、わたしは、「海紅」の碧梧桐氏の主張、「層雲」の井泉水氏の主張、さうして「石楠」の乙字氏等の主張――それらはすべて、独断《ドグマ》と偏見《プレヂユヂス》とに固められてゐるところの主張に向つて、心からの嘲笑をおくるものである。

（「『藻花集』の後に」大正六年十月）

他方、有季定型派を組織した虚子のこともまったく無視しつづけた。「客観写生」が抒情と相容れないのは明らかだし、「心境」すなわち人生的な感慨とのつながりを重視する彼の抒情は、「写生」を基礎に据えた「花鳥諷詠」とも違ったからである。

しかし彼は、虚子の「ホトトギス」が俳壇をほぼ全面的に支配した後も、迷うことなく自分の「趣味」を貫いた。社会の大勢や時代の趨勢によって変るようなものは真の「趣味」とはいえまい。人は「趣味」においてこそ一徹であるべきなのだ。万太郎が自分の俳句は「余技」にすぎないとくりかえしたのも、もしかすると、自分は「専門俳人」ではないという一見へりくだった弁明の下で、あくまで反「ホトトギス」的な「趣味」を貫き通そうとするしたたかな戦術だったのかもしれない。

万太郎の「抒情詩」はまた、昭和初年のモダニズムの洗礼を受けた「新興俳句」とも違った。新興俳句は二十世紀の「詩」を志向して、俳句にイメージ同士の衝突を求めたり「象徴」を求めたりして十七音を緊張させたが、そんな人工的な緊張は万太郎が求めるものではなかった。ただ、俳句に詩性を重視する点では一致していたので、抒情的傾向の強い水原秋櫻子などとは親交もあったらしく、敗戦後には、やはり新興俳句出身で人生的抒情を重視した安住敦に懇望されて句誌「春燈」の主宰の地位に就いている。

その意味で、久保田万太郎の抒情の質はいくぶん「古い」。それは「二十世紀」を知らないのだ。彼の「詩」は、図式化してみれば、与謝野晶子の短歌や泉鏡花の物語などの抒情性を上辺とし、彼が生まれ育った浅草下町の生活感覚に根ざした情調を下辺とし、あいだを俗謡や大衆芸能的な抒情が媒介している。だからこそ万太郎の俳句は「なつかしい」のである。

久保田万太郎の俳句は、いくつもの意味で「なつかしい」。

たとえば、全集第十四巻は昭和二十七年に自選全句集といった意味合いで出した『草の丈』をそのまま収めているが、その冒頭の「浅草のころ」から拾ってみる。

新参の身にあか〱と灯りけり
奉公にゆく誰彼や海嬴《ばい》廻し
海嬴《ばい》の子の廓ともりてわかれけり
竹馬やいろはにほへとちり〲に

少年回顧の句ばかり選んで拾ったのだが、万太郎の描く少年期はことのほかなつかしい。

どれも万太郎が生まれ育った浅草の風景だ。「廓ともりて」のように、吉原遊廓も近かった。だが、これらの句をながめていると、草深い田舎育ちの私の胸にも郷愁の灯がともる。

初めの三句は明治四十二年、万太郎二十歳の作である。その万太郎の少年期なら、尋常小学校の修学年限が四年だったころだから、「奉公にゆく」ことになっている「誰彼」もまだ十歳かそこらだろう。高等科を出たとしても十二歳ぐらいだ。

私は、十五歳の春さき、雪の残る八キロの道のりを町の駅まで歩いて、川崎の町工場に就職する同級生を見送った日のことを思い出す。それほど親しく遊んだこともなかった隣村の彼の見送りにわざわざ行ったのは、こちらは進学のためとはいえ、やはりまもなく親元を離れることになっていた私の感傷だったかもしれない。また、教室で友人の誰彼に声をかけたついでに、その場に居合わせた私にまで来てくれと言ったのは、彼の思わぬ口のはずみだったのかもしれないが、それもやっぱり彼の感傷のしわざだったろう。

万太郎の句の明治の十歳と私の思い出す一九六〇年代の十五歳では、時代が違うのはもちろんのこと、心も体も成長の度合いがおおきく隔たるが、「奉公」の行き先への距離の遠さがその隔たりを埋めてくれるだろう。半世紀もむかし、田舎の子どもがまだ世間知らずの牧歌の中にいられた時代のことだ。

だから私は、春先に出代りで新しく入った年季奉公の丁稚や女中を詠んだ「新参の身にあか

〱と灯りけり」に、その彼の、また同じく十五歳で汽車に乗って就職していった誰彼の、都会の一隅で初めて迎える日暮れ時の様子を重ねてみたりするのである。（ちなみに、万太郎は「文藝春秋」昭和九年一月号に載せた「古句十句」で服部嵐雪の「出替や幼ごゝろにものあはれ」を取り挙げて、「この句に対する採点は、古来いさゝか甘きに失してゐる。素直なだけが取得の、それほどの大した句ではない」と書いている。ひるがえって、自分の「新参の身に」への自負の表明だったかもしれない。）

「竹馬や」はこうした万太郎の少年回顧の句の中でも最も広く知られた句だろう。大正十一年頃の作だというので、万太郎ももう三十三歳、小説家として劇作家として演出家として、すでに世に名を成していた。その時期にこの句のあるのは、郷愁ただよう少年回顧が万太郎の句の重要な詩的モチーフの一つだったことを示してもいる。

「海嬴《ばい》廻し」（ベーゴマ廻し）に代えて「竹馬」。やはり日暮れ時の灯ともし頃か、遊んでいた子らが散り散りに別れていく。「いろはにほへと」で子どもらの手習いのイメージを喚起し、「ちりぬるを」を「ちり〲に」ともじってみせた遊びが心にくい。「海嬴《ばい》の子の廓ともりてわかれけり」は一日の終わりの別れにすぎないが、こちらは小学校を終えて散っていくであろう子どもらの先ゆきの運命までも含意している。「竹馬」が「竹馬の友」という成語を呼び寄せ、「竹馬の友」の含む回顧的なまなざしがこの句に転移するからである。別れの予感は「奉公にゆく誰彼や海嬴《ばい》廻し」にも含まれていたが、十三年後の「竹馬や」は、遊びの現在にひそむ予感としてでなく、すでに遠い日の散り散りの別れを回顧するまなざしにおいて詠んでいるのだ。遊びの終わりはそのまま、親に保護された少年期の終わりなのである。このなつかしさは少年期というものの普遍性に根ざしている。その意味で、「竹馬や」は万太郎の少年回顧を最後に統べるにふさわしい。

万太郎の生活圏が吉原も近い浅草だったことを思えば、樋口一葉の「たけくらべ」を思い出してもよい。「竹馬」と「たけくらべ」と、語頭二音の重なりもひそかな地下水路となって両者をつないでくれるだろう。事実、万太郎は十四歳のとき仲見世で樋口一葉全集を買って、とりわけ「たけくらべ」に深く感動したという。それなら、ここに引いた四句はみな「たけくらべ」の世界の子どもらなのだといってもかまわない。つまりどれも、読者の私的な少年時記憶のあれこれを引き出しながら、背後の「文学」へとなだらかに移行しているのだ。

しかし、あくまでも「なだらかに」である。というのは、一つには、「たけくらべ」など読んだことがなくてもこれらの句の世界は十分に味わえる、というのが万太郎の句における文学のありようだということである。もう一つには、「竹馬や」から「たけくらべ」を思い浮かべるのが許されるなら、誰も指摘しないようだが、ほぼ同等の権利において、「いろはにほへとちりぐ〲に」から、「七つ八つからいろはを覚えはの字忘れて色ばかり」という都々逸を思い浮かべたってかまわないということでもある。実際、「いろはにほへとちりぐに」は俗謡的な言葉遊びに近いのだ。このときこの句は、たとえば芸者遊びにうつつを抜かして商売の傾いた下町の若旦那が、『梁塵秘抄』の今様の歌詞のように、「遊ぶ子どもの声」聞いて我が身も揺るぎ出しながら、しんみり来し方を述懐している句にも思えてこよう。

要するに、多少の語弊のあることを承知でいえば、万太郎の句は背後に文学をも暗示するが、その文学は必ずしもさほど「高級」なものではない。「高級」な場合でも、一気に離陸したりはしない。句と文学とのあいだを俗謡的なもの、あるいは大衆芸能的なものが媒介している。だから移行はなだらかで無理がないのである。実際私は、たとえば明治の浅草の「奉公に」の句と六十年後の地方の田舎の中卒上京就職少年とのあいだを、三代目金馬の落語「藪入り」などによって想像的に媒介させているのである。

あるいは、昭和二十二年のこんな句。

獅子舞やあの山越えむ獅子の耳

「なつかしともなつかし。……いまはむかしの、忠吉よ、半平よ、喜代作よ……」という懐旧の前書がある。成瀬櫻桃子の行き届いた鑑賞（『わが愛する俳人』第二集）によれば、獅子舞には獅子が動きを静めて思いにふける場面があって、「おりから笛の音は『……あの山越えて、里越えて……』という子守唄の旋律をかなでる。床の上に首をつけた獅子は、そのとき耳をぴくりと動かすのである。この子守唄の笛の音は、獅子だけでなく聴く人々を郷愁と深い思いにいざなう」。なるほど、と思う。

だが、そんな洗練された獅子舞を見たことのない雪深い越後生まれの私は、美空ひばりが歌った「越後獅子の唄」の「笛にうかれて逆立ちすれば／山が見えますふるさとの」（西條八十作詞）などを思い浮かべるのだ。俗謡ならぬ文学なら、たとえば室生犀星の「あをぞらに／越後の山も見ゆるぞ／さびしいぞ」（「寂しき春」）を。ここでも、実景から大衆芸能を経由して文学へと、万太郎の句のなだらかな稜線が延びている。

「とりとめのない話」によれば、十七歳で「発句」を作り始めた彼は、旧派の「宗匠」に誘われて初めて運座に参加したとき、「糸切れし三味置かせけり洗ひ鯉」という句を詠んで、披講で抜きん出た高評価を得たという。もちろん題詠である。「糸切れし三味」など、まるで新派劇の一場面のようだ。芝居好きの祖母に連れられて幼い時から浅草の寄席や小芝居の世界にどっぷり浸っていた万太郎ならではの想像世界である。俗謡や大衆芸能はそのまま明治大正の浅草の情緒と地続きなのであり、その意味でも、万太郎の「抒情詩」としての俳句は俗なるものにほどよく接地しているのだ。

芥川龍之介は『道芝』に寄せた序文で、「所謂天文や地理の句も大抵は人間を、——生活を、——下町の匂を漂はせてゐる」「余人の句よりも抒情詩的である」「下五字の中に『けり』と使ふことを好んでゐる」「久保田氏の発句は東京の生んだ『歎かひ』の発句である」と、その特色をまとめている。

いずれも、引用した四句にも該当するものだが、補って言えば、万太郎は「けり」だけでなく、「や」も「かな」も、つまりいわゆる三大切字をよく使う。その使用頻度は「浅草のころ」では八割五分にも及ぶ。なかで、「奉公に行く誰彼や」のように、中七に「や」を使うことの多いのが特色の一つで、上五で切れるよりもなだらかでやわらかい印象を与える。この傾向は晩年まで変わらない。現に全集の『流寓抄以後』の昭和三七、八年、つまり最晩年の約二百句でも三大切字の使用頻度は七割に達している。

こうした詠嘆の切字を適宜配して整えられた声調が身についていればこそ、自在な即吟が彼に可能だったのであり、その大様な句の姿がまた、俳句が「幸福」だった日々を思わせて「なつかしい」のである。このいかにも「俳句らしい」安定した姿は、「二十世紀」の俳句がなくしてしまったものだ。

とはいえ、「浅草のころ」の句ばかりで彼の俳句を云々したのでは、作者は不本意かもしれない。万太郎は『草の丈』を住んでいた土地の地名によって四章に仕切っているが、その序文で、「浅草のころ」の句は自分の俳句の「単なる前奏曲でしかない」、震災で被災して日暮里に移ったときから自分の本格的な俳句は始まったのだ、と述べているからである。

味すぐるなまり豆腐や秋の風

といふ句で、この集、開巻することになつたのである。……すなはち〝浅草のころ〟の六十余句は、この場合、たゞ単なる前奏曲でしかない……と、いま、わたくしはいはう……

それなら「味すぐる」を万太郎自身が認める「万太郎風開眼の句」と呼んでもよかろう。(それにしても、この「開眼の句」の「なまり豆腐」が晩年の名句「湯豆腐やいのちのはてのうすあかり」と照応することを思えば、創作とはつくづく不思議なものだ。)

「なまり豆腐」と「秋の風」の配合がいくぶんのわびしさも伴う質素なつつましさを演出し、しかし「味すぐる」がそういう暮らしの充ち足りた喜びを示している。「なまり豆腐」を味わうことがそのまま暮しのひと時を味わう思いに重なっているのだ。

「浅草のころ」（明治四十二年から大正十二年）の句も「日暮里のころ」（大正十二年十一月から昭和九年）の句も、句の姿そのものに大きな変化があるわけではない。「かな」止めが多くなり、中七の「や」がさらに多くなったぐらいだ。だから、万太郎が「味すぐる」を自身の「開眼の句」と見立てたのは、俳句がたしかに「家常生活に根ざした」という自覚によるものだと見るべきだろう。ここにおのずから、俳句は『心境小説』の素《もと》に外ならない」という自覚も生じる。

ところで、この句には「大正十二年十一月、日暮里渡邊町に住む。親子三人、水入らずにて、はじめてもちたる世帯なり」と長めの前書がある。

さらに次の句「ひぐらしに燈火はやき一ト間かな」には、「二階八畳と六畳、階下八畳と六畳と四畳半、外に台所に所属せる三畳、これがいまゐる渡邊町の家の間取である。このなかでわたくしの最も好きなのは階下の四畳半である。奥まつた感じをもつてゐるからである。すなはちこの部屋をえらんで茶の間に宛つ」ともっと長い前書がつく。

前書がつくのは、これがまぎれもない「日記」であり、「心境小説の素《もと》」としての日々の一コマだからにほかならない。

前書は、句がいつどこでどのような状況や心境で詠まれたかを記すことによって、句の理解の手がかりを示し、十七音の言い足りなかったことを補う。言葉の意味は文脈で判断するしかないが、俳句は詩形が短いために文脈を作れないので、作者の「独りよがり」や読者の恣意的な「誤読」が生じがちだ。前書はそこに共有可能な文脈を作るのである。ただし、その反面、前書に依存しすぎると句が作品として自立できないことにもなる。

そのせいだろう、俳句では通常は前書をつけないのが暗黙の了解なのだそうだ。たとえば宮坂静生氏の句集『草泊』は「俳日記２０１３」と副題にあるとおり、二〇一三年の一年間、毎日、一日一句俳句を作って成った句集だが、「日録」を兼ねるのですべて日付と前書がつく。その「あとがき」を氏は「俳句には前書がいらない、あってもできるかぎり最小限にということを不文律にしてきた者にとって、前書を付すことに戸惑いがあった」と書き出している。

また、私自身の自己流俳句が初めて齋藤愼爾氏の目に留まったときにも、氏の感想の一つとして、ふつう前書はあまりつけないものなのだが、と言われたことがあった。さいわい肯定してくれる言葉がつづいたのだが、当人はそれほど前書を多用したつもりはなかったので意外だった。

なるべく前書をつけないという慣習がどうして形成されたのか知らないが、一句を独立した「作品」たらしめようとした「近代文学」としての俳句の理念が背景にあったろうことは推測がつく。（案外、投稿句を雑詠欄に並べる際の、一句一行、前書によって多行を使用してはならない、といった事務的な「公平意識」や「平等主義」なども関わっていたかもしれない。）

だが、率直にいえば、こうした「作品意識」には少しこわばった不自然なものを感じる。「余技＝趣味」として俳句を愉しむ者にとってはなおのことだ。宮坂氏のように一日一句、それも水準以上の句を作りつづけることなど並の俳人にできはしないが、「日録」代わりに「日用俳句」を作る「素人」は、「趣味」なればこそ一度はやってみたいと思うだろう。そのとき、「日録」というスタイル自体が前書を不可欠にするはずだ。

原理的に考えても、はたして俳句が前書を一掃できるかどうかははなはだ疑問である。ふだんは前書なしで作品を提示している俳人たちだって、旅の句や挨拶句、追悼句となれば前書をつけるだろう。そして、またしても多少の語弊を承知で書けば、旅や挨拶や追悼は日常の「即興詩＝機会詩」としての俳句の非日常の「ハレ」の機会なのであって、前書にはその機会を記念してきちんと刻み込む役割がある。それを否定すれば俳句の存立基盤自体を否定することにもなりかねまい。

俳句が「即興詩＝機会詩」だというのは、俳句は発想から作品化までの距離が極端に短いことをも意味する。他の詩形に比べて、俳句はその時・その場に拘束される度合いが極めて強いということだ。あらゆる詩において、発想の現場の痕跡は推敲の過程で徐々に消えていき、それにつれて作品世界の完結した自立性が高まって行くものだが、俳句はその痕跡が「書かれざる前書」としていつまでも残る場合が多いのである。つまり俳句は、いま・ここの痕跡を刻みながら「作品」としての「永遠」を志向するしかないものだ。それならいっそ、俳句は前書を多用してかまわないはずだ、と私は思う。

古代の歌物語は和歌の前書（詞書）が発展したものだともいわれる。また、歌物語の物語は、ある意味で歌の解釈、どのような文脈で読めばその歌が最も魅力的な姿を現すかということについてのすぐれた解釈でもある。同様に、芭蕉の『奥の細道』の紀行文は挙げて、古代以来の国誉め・土地誉めとしての各地での挨拶句を見事に立ち上がらせるための長い前書として読めないこともない。そして、歌物語でも芭蕉の紀行文でも、そうした前書によって本質の輝きを開示された歌や句は、それが真にすぐれた歌や句であるならば、前書から切り離されても独立した作品として輝きつづけるのである。俳句の前書もそのようなものとして書き、そのようなものとして読み、そのようなものとして忘れてしまえばよい、というのが私の立場だ。

さて、久保田万太郎は追悼句の名手だった。『草の丈』からいくつか、前書とともに引用してみる。

昭和三年七月二十四日

芥川龍之介佛大暑かな

万太郎には珍しく、一気に詠み下したような強い語勢に悲傷がこもる。芥川が自殺したのは前年昭和二年七月二十四日。一周忌である。

昭和十年十一月十六日、妻死去

来る花も来る花も菊のみぞれつゝ

日暮里の新居で「なまり豆腐」をつつきながら親子三人水入らずのつつましい幸福を噛みしめた妻への追悼句だ。ここでも「来る花も来る花も」の反復による微妙な破調が切迫した悲しみを伝えてくる。日ごろの万太郎の句が語調の整った大様な詠みぶりであればこそ、わずかな破調が大きな振幅を暗示する。

しかし、戸板康二の『久保田万太郎』によれば、妻の死は自殺だったらしい。遺書がなかったので断定する決め手はないが、万太郎も周囲の人々もこれを自殺と見た、という。しかも戸板康二は、この当時万太郎には愛人がいて、彼女は妻の死の一月後に女の子を出産した、という秘事も暴露している。

「私小説」には恰好のドラマだが、万太郎の「心境小説の素《もと》」としての俳句からは、そういう経緯は読み取れない。万太郎の「心境俳句」は、波乱もあり縺れも葛藤もある実生活の中から、「即興的な抒情詩」の許容可能な「素《もと》＝素材」だけを慎重に選び出して、しかも生《なま》のまま投げ出すのでなく、詩的秩序に変容させて作り上げた一種の「仮構」なのである。

昭和十四年九月七日午後二時四十分、泉鏡花先生逝去せらる

鏡花先生逝去の報一ト《ト》たびつたはるや、弔問の客引きも切らず、その中に老妓あり「仲之町にて紅葉祭の事」以来のおなつなり

番町の銀杏の残暑わすれめや

しらつゆのむれておなつも泣きにけり

「番町の」は私的な追懐だが、「しらつゆの」の方はどこやら釈迦の涅槃図さえも思わせ、しかも弔問に群れ集った鳥獣ならぬ「しらつゆ」とヒロイン名「おなつ」の配合はそのまま鏡花の世界に通じてもいるようだ。むろん、「つゆ」は涙と、つまりは「泣き」と、縁語である。

やがて戦争の時代が来る。

山本五十六提督戦死の報到る

みじか夜のあけゆく雲にうらみあり

基本的には私的な日常詠の並ぶ中で、「山本五十六」は異例の公的な固有名の出現である。なお、山本五十六の死は昭和十八年四月十八日、公表されたのは五月二十一日だったという。

昭和十八年十月、友田恭助七回忌

あきくさをごつたにつかね供へけり

昭和十二年、友田恭助とは文学座結成の計画が進んでいたが、その矢先に友田は召集され、呉淞《ウースン》クリークで戦死したのだった。その七回忌である。儀礼的な形式を顧みない無造作な「ごつたにつかね」に真情がこもる。

最後に、終戦の日の句を紹介しておこう。

終戦

何もかもあつけらかんと西日中

「や」も「かな」も「けり」もない。私は抒情の人が詠んだ抒情のかけらもないこの「あつけらかんと」が好きである。

もちろん戦争がただ「あつけらかんと」彼を通り過ぎたわけではない。戸板康二の言うところでは、万太郎は格別に好戦的な言辞を吐くわけでなく、むしろシニカルに戦争に対していたらしいが、それでも日本文学報国会の劇文学会の役員にもなっていたし、昭和十七年には内閣情報局の斡旋で満洲旅行をしたこともあった。人並みに、あるいは人並み以上に、戦局の推移に関心があったはずである。山本五十六戦死に異例の追悼句を詠んだのもその現れだったろう。だが、くりかえすが、戦時中も彼の俳句の大方は日常詠なのである。戦争末期からの句を集めた『これやこの』の後記（昭和二十年十月）を引いておく。

嘗て、わたくしは、わたくしのつくる俳句について、〃そのとき〴〵のいろ〳〵の意味に於ける心おぼえ〃といひ、〃心境小説の素《もと》に外ならない〃とさへいつたが、いまにして、そのころよりも一層それが顕著になつた。すくなくもこの二百七十句は、わたくしに、〃戦争〃の誘起した時代的突風の中に、せめては〃自分〃をみ失ふまいとしたわたくしのすがたをみつけさせ、たしかめさせ、そして反省させてくれたのである。

なるほど「心境俳句」は非常時に際しても揺るがぬ自己凝視の有力な一助だったのである。それでも戦局の悪化につれて戦争は彼の日常にも侵入し、彼の「心境」にも影を落とし始める。そして、

耕一応召

親一人子一人蛍光りけり

毎日、五時起きにて「樹蔭」一回づゝ執筆

あさがほやはやくもひゞく哨戒機

昭和十九年十一月一日以降、空襲しきりなり

国をあげてたゝかふ冬に入りにけり

柊の花や空襲警報下

うちてしやまむうちてしやまむ心凍つ

三月十日の空襲の夜、この世を去りたるおあいさんのありし日のおもかげをしのぶ

花曇かるく一ぜん食べにけり

五月二十四日早暁、空襲、わが家焼亡

みじか夜の劫火の末にあけにけり

などとつづいたその果ての、「(終戦)何もかもあつけらかんと西日中」なのである。

庶民は開戦の決断にも終戦の決断にも一指も触れられやしない。戦争は暴風雨のように襲来し、居座り、唐突に過ぎ去った。「あつけらかん」はそういう呆然自失の放心かもしれないが、なにか吹っ切れたような奇妙な爽快さもある。放心しきった心のがらんどうが空襲で壊滅した焼け跡の光景と重なるからだろうか。そして、この無造作な平談俗語は万太郎を庶民たちのすぐ傍らに立たせてくれる。平談俗語の俳句は、高名な文学者であれ日本文学報国会の役員であれ、たちまち庶民の隣人にしてしまうのだ。

しかも万太郎は、俳句には詠んでいないが、六月には父を亡くし、つづいて母も亡くしていた。戸板康二の『久保田万太郎』によれば、母親の死は八月十五日、ほかならぬ終戦のその日のことである。それならこの空洞そのものと化したかに見える「心境」は、実は強い意志による緘黙を秘めた心のダンディズムであったのかもしれない。その日の庶民の呆然自失が死者たちへの追悼の思いを呑み込んだ呆然自失だったように、「あつけらかん」はまことに多くの言葉を呑み込んで「あつけらかん」である。


「三田文学」二〇一六年春季号「久保田万太郎の俳句世界」を改題加筆

幽明ゆらぐ――齋藤愼爾句集『陸沈』

山川草木悉皆瓦礫佛の座

私はこの「佛の座」に圧倒され、ほとんど慄えた。有季定型句の春（新年）の季語である「ホトケノザ」が、字義通り（それはこの小さな草花の命名の語源通り、ということでもあるのだが）仏の座す形而上の場として、またそこに座す仏として、廃墟の風景のただなかにいきなり顕《た》ち現れる。その異様な生々しさ。直前に〈身に沁みて塔婆と原子炉指呼の間〉があるから、五年前のあの大津波と原発事故に取材した句だ。このとき、「陸沈」というタイトルにまで大津波のイメージがかぶる。それなら仏は多数の死者たちかもしれず、墓所を波に攫われて居場所を失った無数の先祖たちの霊も加わっているかもしれぬ。「悉皆瓦礫」のあちこちに咲くホトケノザの小さな葉群の一つ一つを己が蓮座とする無数の小さな仏たち。

だが、もっと前には〈記紀の山青し佛の座より見て〉があった。世界を「見る」この座は一つ、真の覚者の占める唯一の場であろうか。それなら、記紀以来の青山河がいま「悉皆瓦礫」と化したこの景を眺めるのも、やはり唯一の覚者としての単独の仏なのかもしれない。永劫を見渡し真理を見通すその眼差しに、では、この地上の悲惨はどう映っているのか。

むろん背後には耳に馴染んだ「山川草木悉皆成仏」が響く。有機有情の人や生き物のみならず、無機非情の自然界までが仏性を宿し成仏するのだという。日本仏教独特の成句だと聞くが、自然の救済力に信倚し、自然との融即に安らぐ日本人好みの汎神論（汎仏論）だ。

しかし、「山川草木悉皆成仏」が真理なら、仏性は「瓦礫」にも宿り、セシウムもプルトニウムも成仏する。それなら成仏などというものは本来人間の「救い」などとは何の関わりもあるまい。そもそも自然も宇宙も人間などを必要としていないのだ。仏教の覚知とはそういう非情なものだと私は思う。その非情の観念を背中で怺えつつ、「悉皆瓦礫」と詠む作者の有情の眼は濡れているようだ。

「佛の座」の眼差しは彼岸からの眼差しである。この句に限らず、句集『陸沈』は此岸と彼岸を自在に往還している感がある。その昔、市井の大隠を「陸沈」と呼んだ荘子が胡蝶と化して夢と現世を往還したように。齋藤愼爾の幽明の境はゆらぐのだ。

「俳句四季」二〇一六年十二月号

兜太三句

好きな句について語るのはたのしいし、金子兜太にも好きな句は多い。だが、たのしみはあとに回してあえて裏口から入ってみる。

定型の恩寵はいつも呪縛に似ている。あるいは呪縛は恩寵に似ている。

五七五という定型がある。芭蕉は凡兆に「一世のうち秀逸三五あらん人は作者、十句に及ぶ人は名人也」と語ったというが、それなら俳句の世界は死屍累々たる駄句凡句の山だろう。実際それは、句集と称する書物を開きさえすれば一目瞭然のことだ。だが、定型の恩寵を信じ切っている限りにおいて、この死屍どもは一様にあられもない恍惚の表情を浮かべて死んでいる。この痴呆的な死に抗うことなしに現代の俳句作者たることはできまい。しかしそれは恩寵を失うことである。

たとえば私は現代の俳句作者たる金子兜太に感嘆を惜しまないが、兜太の累々たる死屍どもは、恍惚にいっさい与かることなく、まったく無様に死んでいる。しかし、この失寵の死によらなければ現代の作者である証が立たない。それが俳句という定型の世界のようだ。

——実はこれは四年ほど前に『中上健次集』全十巻（インスクリプト刊）の刊行開始に寄せたエッセイの書き出しである。だから本文は、「物語もまた定型である」とつづいて、中上健次の恩寵と失寵のドラマへと転じていく。俳句も金子兜太も置き去りだ。いってみればただのマクラ扱い、いきなり因縁をつけたままさっさと歩み去ったようなものだ。無礼きわまりない。この機会に少しだけ補足しておきたい。

その名に「兜」の一字を負った彼は、「前衛俳句」の驍将として、たった十七音で世界と闘い、敵を強引に捻じ伏せようとした。世界とはただの風景でなく、俳句作者の生をも拘束する歴史的かつ社会的な現実であり、敵とは現実との真っ向勝負を回避して自然詠に籠城する伝統俳句観だった。その野望達成のために言葉は暴力的に酷使され、傷つき歪んで異形の相を呈した。だが、十七音が相手取るには世界はあまりに巨大かつ複雑であり、敵城は難攻不落で補給路も四通八達して断ち難い。「前衛」の戦場は死屍累々である。だが、無念無惨の形相にもかかわらず、刀折れ矢尽きるまで戦って果てた者たちの死にざまは痛快だ。「万骨枯る」この戦場を吹き抜けるのは蕭条たる秋風でなく真夏の熱風なのだ。——私はそんなことが言いたかったのである。

塚本邦雄はいみじくも書いていた。「言葉によつて殴りあるいは殴られ、組み拉ぎあるいは組み拉がれる快感を味はへることを立證したのは彼を以て嚆矢とする。」（『百句燦燦』）たしかに、見事に世界を捻じ伏せ敵を組み拉いだとき、金子兜太の句の颯爽たる際立ちは他を圧倒する。なかでも私がぜひ語りたい兜太の句は三句あって、この三句の地位は以前から私の中で動かない。

まず、

霧の村石を投《ほう》らば父母散らん

もう四十年も昔、高校の教員になりたてのころ、或るアンソロジーで初めて知った兜太の句がこれだった。以後、中村草田男の〈蟾蜍長子家去る由もなし〉とともに、故郷や家というものを思うたびに思い出す。当時の私が草深い父母の村に帰るべきか否か迷いつづけていたからだが、そういう私的な思いを超えて、私自身を含めたあらゆる出郷者にとっての「村」というもの、「父母」というものの原イメージとして、凝縮された詩的定義のように、心に刻まれたのだった。

語り手はどこか高い位置から「霧の村」を見下ろしている。高等教育を受けた、もしくは都市の華やかな文化を身に着けた、つまりは近代の出郷者たちが獲得した虚空の〈もしかしたら虚妄の〉位置だ。そのまなざしが、無知と貧困の中にある「村」と「父母」とを、あたかも〈穀象の群を天より見るごとく〉（西東三鬼）に、見下ろすのである。だから彼は想像の石を憎しみをこめて攻撃的に投げるのではなく、軽く戯れのように「投《ほう》る」。憎悪は相手と対等の地平に立つが、この戯れは自己の優位を前提とするゆとりの行為だ。そのとき「父母」は穀象虫のようにわらわらと散るだろう。

だが、語り手は実際に石を「投《ほう》る」わけではない。深い霧のような無知に視界を閉ざされたこの村で、「父母」たちは戦争という石が放り込まれた時にもわらわらと散ったろう、敗戦の報にもわらわらと散ったろう。そうでしかありえなかった「村」というもの、そこに生きるしかなかった「父母」というもの、これからもそうであるかもしれないものたちへの、その末裔たる出郷者のやるせないような「思いやり」としての「想像」である。

言い添えれば、秩父生れの兜太には率直愛すべき〈曼珠沙華どれも腹出し秩父の子〉があるが、長崎時代には〈華麗な墓原女陰あらはに村眠り〉という句もある。陽に照り映えているのだろうか、先祖代々の眠る墓地を「母なる」土地の聖所にして急所である「女陰」に見立てたのだろう。だが、墓地は死への通路、「女陰」は逆に生への通路、しかもその隠し所が「華麗」に「あらは」に露出しているのだ。荻原井泉水の〈陰《ほと》もあらはに病む母見るも別れか〉では隠し所を無防備に露呈した母は死に瀕している。一方、兜太の句では「華麗な／墓」「墓／女陰」「女陰／あらは」「あらは／眠り」と、いくつもの互いに矛盾する語彙が連鎖して意味を一方向に収束させせない。思えば、「女陰＝陰《ほと》」は、「母なる」大地の女神イザナミが黄泉の国の女神に変じたように、すべての生命の源泉であるとともにすべてが死において再び呑み込まれていく場所なのでもあった。矛盾は「前衛」の表現いじりから発生するのでなく、そもそも生と死が同居する「女陰」の機能に含まれているのである。もちろん「村」もまた、死者と生者が同居する土地なのだ。

次はその長崎時代の句から、

湾曲し火傷《かしょう》し爆心地のマラソン

いきなり殴られたような衝撃を受けた。何よりイメージが驚異だった。俳句でこんなことができるのか、と圧倒された。

湾曲しているのは陽炎ゆらめく炎天下のランナーの列でもあろうし、暑熱と疲労で傾ぎよろめく個々のランナーの歪んだ姿態でもあるだろう。その背後に被爆直後の被災者たちの映像がダブる。

句は十七音に二音多いだけの計十九音だが、内在律は九（五・四）・六・四。すさまじい破調である。戦後の金子兜太には五・七・五の伝統律が天皇制の秩序と重なって見えた一時期があったはずだが、しかし、彼の句のあまりに平然たる破調ぶりを見ていると、実のところ、ひょっとしてこの伝統律の力を甘く見すぎているのではないか、と私はひそかに疑うことがある。俳句にあっては、十七音が定型ではなく、あくまで五・七・五が定型である。五・七・五を破るためには、伝統律に拮抗するほどの強度を持った独自の内在律を作り出さなければならない。世界を捻じ伏せるよりも五・七・五を捻じ伏せることの方が難しいかもしれないのだ、とさえ思う。

だが、この句は絶対に破調でなければならない。それも大破調でなければならない。大破調でありながら、各部が意外な飛躍を含んで連接し、しかも緊密な構成を保っている。イメージの迫力で押し切っただけでなく、「火傷」を音読みしたことで最長部の九音が「ワンキョク」

「カショウ」と硬質の響きで結合されているからだ。

もう一句は、

人体冷えて東北白い花盛り

この句については句集『天來の獨樂』に収めた短文で一度書いたのだが、私にとっての兜太の三句として絶対にはずせない。補うようにもう一度書く。

「白い花盛り」のこの東北が夢のように美しいのは死者のまなざしに映った死後の景だからだ、これは死者の国・敗者の国としての東北の原景なのだ、しかも「花盛り」は死者への手向けばかりでなく、死者の国自体のよみがえり（黄泉還り）の徴でもある——肌寒い早春の東北太平洋岸を襲った大震災と大津波を思い出しながら、私はそう書いた。

いっさいは「人体」の一語にかかっている。「人体」とは、解剖学的な視線によって対象化された、人間一般の、それゆえ誰のものでもない、ほとんど死物としての身体である。しかも「冷えて」いる。こんな身体像は金子兜太にあってことさら異例のことだ。

金子兜太には身体性に焦点を当てた句が多い。精神は「詩」を志向するが、「詩」ならざる

「俳」は身体に照準する。ものを食い、排泄し、まぐわい合って生命をつないできた身体こそは人間の悲惨と滑稽の座、裸に剝かれたいのちの裸形そのものである。

だから兜太の句では、女たちは「陰《ほと》」を湿らせ男たちは「まら」を振りたて（ああ、中上健次の男女もそうだった）、夕陽さえも「空の肛門」となり婆は岩場で「尿《しと》」し西行法師も「野糞」する。〈馬遠し藻で陰《ほと》洗う幼な妻〉〈まら振り洗う裸海上労働済む〉〈蛙食う旅へ空の肛門となる夕陽〉〈波荒き岩場に尿《しと》し柔らぐ婆〉〈大頭の黒蟻西行の野糞〉すべてがいのちの讃歌である。

なかでも圧巻は『暗緑地誌』の「古代股間抄」十一句だ。〈泡白き谷川越えの吾妹《わぎも》かな〉と始まり、「吾妹《わぎも》」の「恥毛《しもげ》」を詠み「陰《ほと》しめる浴み」を詠み「張る乳房」を詠んで、絶頂は鯉どもの映像に転じて〈谷に鯉もみ合う夜の歓喜かな〉と詠む。このふたりを谷川に降り立ったイザナギ・イザナミのようだといったってかまうまい。ヤマトの公定神話では万物の「父母」たる二神はちゃんと中央のオノゴロ島に天降ってセキレイに「交《とつぎ》の道」を教わったが、秩父生れの金子兜太の非公定の神話では、うっかり降臨場所を間違えたちょっと愚かな二神はどことも知れぬ辺陬の谷間で鯉のもみ合う姿をまねてまぐわいの歓喜を知ったのだ。

金子兜太の身体は生と欲望のマグマに突き動かされていつでも熱く活動している。だからこそ冷えた「人体」は異例であり、その冷えが感応して描き出した「白い花盛り」の東北の景は、まるで大津波以後の東北への鎮魂と再生の願いを先取りしていたかのように、私の心によみがえった（黄泉還った）のである。

『存在者 金子兜太』藤原書店、二〇一七年四月刊

災害と俳句

齋藤愼爾句集『陸沈』にこういう句があって、一読圧倒された。

山川草木悉皆瓦礫佛の座

「山川草木悉皆成仏」という仏教の成句を踏まえている。心などないはずの自然物ことごとくが仏性をもち、成仏するのだ、という意味である。日本仏教独特の成句だとも聞く。なるほど人間を自然の一部とみなし、自然に抱き取られることに浄福を見出してきた日本人の心に響く。だが、その山川草木のことごとくが「瓦礫」と化した。東日本大震災に触発された俳句である。

ホトケノザは早春に咲く小さな草花。葉が仏の蓮座のように見えるのでこの名がある。だが、この句の「佛の座」はただの季語ではなく、作者の鎮魂の思いを担っている。小さなホトケノザの蓮座の一つ一つに仏となった津波の死者たちが座しているようでもあり、また、真の覚者である仏がこの「瓦礫」と化した風景を慈悲の半眼で眺めているようでもある。つまりこれは、目に見える現実の風景に目に見えぬ観念のイメージが二重写しにかぶさった風景である。ほとんどこの人間世界と全宇宙を包むほどの巨大な観念だ。だが、観念でありながら、この「佛の座」は実景以上になまなましい。そのなまなましさに私は圧倒されたのだった。

俳句は自然を詠みつづけてきた。なにしろ俳句には季語というものがある。季語を用いる限り俳句は自然から離れられない。だが、季語への信頼は、結局、おだやかな自然への信頼である。日照りを詠もうが台風を詠もうが、それが季語である限り、つつがなく循環する季節がたまたま見せる一面にすぎない、という思いが、言わず語らず、俳句というものの暗黙の前提になっている。

だから実は、俳句は自然の示す異常事態が苦手なのである。巨大な災害は五七五という小さな枠をはみ出してしまうのだ。

東日本大震災の九十年近く前、関東大震災の時、高浜虚子は鎌倉の自宅で被災したが、大震災の句は一つも作らなかったという。虚子が主宰していた俳誌「ホトトギス」系の俳人たちもほとんど詠まなかったそうだ。一方、虚子と同じく正岡子規門の高弟だった河東碧梧桐の方は多数の震災詠を残している。二人はすでに袂を分かって久しく、虚子は有季定型を守り、碧梧桐は季語も不要、五七五の音律も不要という、無季自由律を提唱していたのだ。しかし、目に触れた惨状を次々に詠む碧梧桐の震災詠の大半は、残念ながら、散文の切れ端みたいなものである。

東日本大震災の時、詩人和合亮一のツイッターでの短詩の発信が話題になった。もちろん刻々の戦場ルポルタージュにも似て、一つ一つはいわば「詩の切れ端」みたいなものだったが、さすがに詩人として鍛えられた言葉の緊張度があって、切迫した臨場感が伝わってきた。俳句も短い。短いものは事態の全体は描けないが、状況に即座に反応する瞬発力はある。だが、俳句形式ではツイッター発信のような離れ業はできなかったろうと思う。和合亮一のツイッターは、たとえていえば無季自由律みたいな、むしろそれ以上に自由な「自由詩」だからできたのである。有季定型は言葉を五七五に整え、季語をあしらう。その作業自体が「ゆとり」なしにはできないことだ。つまり、出来事からの空間的また時間的な、さらに心理的な、距離がなければできないことだ。だから、作品は「遅れる」のである。そして、遅れを自覚することによって初めて、作品は出来事と拮抗できる可能性を持つのである。

大事件は俳句という日常的な小さな詩の器をはみ出す、はみ出すものは詠まない、という虚子の態度は徹底していた。彼は戦争という大事件もほとんど詠まなかった。たしかに戦争は自然災害どころでなく、社会的、政治的事件でもあるからいっそう複雑だ。うかつに詠めばただのスローガンみたいなものになってしまう。

虚子は俳句というものの「分をわきまえていた」のかもしれない。しかしそれでは俳句の世界を狭めてしまうし、意地悪い見方をすれば、危ないことには手を出さないという保身術みたいなものにもなる。実際、俳壇を支配した「ホトトギス」系に反発した新興俳句運動の人々が戦争を主題にして詠み始めたとき、彼らは反戦・厭戦を煽るものだとして、戦争遂行権力によって弾圧されもしたのである。

ちかごろ俳句ブームだと聞く。大震災と原発事故をめぐって、多くの人々が多数の作品を作りつづけてきたことだろう。誰の日常も、この異常事態と無縁ではありえないのだ。

最後に、俳句が小さな器であることを逆に利用した見事な作品を紹介しておきたい。高野ムツオの句である。

陽炎より手が出て握り飯摑む

被災地の炊き出しの風景だろう。だが、この手は、俳句が切り取った小さな画面の外からぬっと現れるようで、異様である。その異様さが事態の異常さと対応している。一読忘れられない句だ。なお、宮城県在住の高野には「瓦礫みな人間のもの犬ふぐり」という句もあることを言い添えておく。

「聖教新聞」二〇一七年五月二十五日

長子家去る由もなし

八月に『永山則夫の罪と罰』（コールサック社）を上梓した。ほぼ三十年間、あちこちに発表してきた永山関係のエッセイを集めたものだ。

病気療養中だと聞いていたある人からショート・メールが二通届いた。「文芸家協会脱退の短い文を読んで、なぜか涙が出ました。」「これからも、体を大事にしてお仕事してください。たった一人でもくじけることなくいる人たちへの励ましになると思います。」――励まされたのはかえって私の方だ。文学はいつも「たった一人」でいる人たちのためにある。

実は永山と私は同じ年の「デビュー」なのだった。かつて「連続射殺魔」と呼ばれた獄中の永山則夫は一九八三年二月に小説『木橋』で新日本文学賞を受賞して作家デビューし、私は五月に中上健次論で「群像」新人文学賞を受賞して批評家デビューした。

その受賞の言葉に、私は中村草田男の〈蟾蜍《ひきがへる》長子家去る由もなし〉を引いて、「自分の内部にはいつもこの句が切実なモチーフとして鳴っていました」と書いた。まるで意味不通だったろう。

その前年、神奈川県の県立高校の教員だった私は、三十歳になるのを機に、実家に帰る決意をしていたのである。事実上長子相続制下にあった戦前の草田男の立派な家と違って、亡き祖父が大正の頃わずかな地所をあてがわれて分家しただけの家ではあったが、むしろそういうちっぽけな家なればこそ、戦後の「長子」にとっても「家」は「家」なのである。私は五反歩ばかりの田畑を守って文字通り一人の「草田男」となる覚悟だったのだ。

私は故郷・新潟県の教員採用試験を受ける一方で、我が浮動する「青春」への訣別のつもりで初めて文芸評論を書き、応募原稿の連絡先には実家の住所と電話番号を記して投函した。ところが、豈に図らん、新潟県には採用されず「群像」の方に採用されたのだった。何も知らぬまま編集部からの電話を受けた父母の応対は笑い話だ。

山本健吉は『現代俳句』で、この「蟾蜍」は草田男の愛読したニーチェのいう「運命愛」の化身なのだ、と述べている。山本の行き届いた鑑賞に付け加えることは何もない。私はただ、愛すべき「運命」とはなんと不実ないたずら者であることか、と思うばかりだ。以後私は、家を去り家を作らぬ「運命」を引き受けて今日に至った。

蟾蜍——この醜くして滑稽、魯鈍にして不逞なるもの。草田男のみならず、我が敬愛する俳人たちはこの小動物に強く自己投入してきた。〈蟇誰かもの云へ声かぎり〉（楸邨）〈火を噴く山へ　蟇《ひき》じりじりと対《む》きなほるか〉（赤黄男）。

そして、〈あしびきの蟇足曳くや山響《とよ》動む〉（「草獅子」創刊号）――これは先人たちへの私のささやかな応答である。

二〇一七年十月記　「てんでんこ」九号

我が俳句——あとがきを兼ねて

『天來の獨樂』以後、二〇一五年五月から二〇一八年三月までの句を収録した。「天來の獨樂」としての、つまりは思いがけず入手した「愉しき玩具」としての俳句との「真面目な戯れ」は、すっかり私の日々に定着したようなのだ。この小さな玩具は、愛撫するに手ごろで、虐使にもよく耐えてくれる。

ほぼ無作為に制作順——より正確にいえば着想順——に並べた。着想から作品化までの距離の遠近は句ごとに異なるものの、あいかわらず散歩時の嘱目偶感に発する作品が大半である。

こうやって並べてみると、喜怒哀楽が脈絡もなく交雑し、感覚と観念、具象と抽象が隣接し合って、まるで目まぐるしく交替する軽い躁鬱症、もしくは統合失調症みたいだ。

俳句という短詩は瞬刻を切り出すのに適して、時間の持続を包摂しにくい。しかも「機会詩

＝即興詩」としての俳句は、どんな意識の諸状態も排除することなく即座に切り出そうとする。持続を切断して任意の瞬刻を切り出して並べれば、誰の意識からも脈絡は消えるだろう。その意味で、そもそも俳句は統合失調的なジャンルであり、句集は統合失調的な書物なのかもしれない。ともあれ、このモザイク状の散乱の中に、ここ数年の私の詩的（句的）精神のほぼ全振幅がある。むろん背後には、瞬刻を取捨する私の「詩的（句的）統覚」が働いている。しかし当面は、統覚による統制をなるべくゆるやかにして、この「愉しき玩具」が可能にした統合失調的自由を享受していたい。

「旅の句帖から」を別立てにしたのは、旅の句では総じて作品性よりも記録性や土地（および同行者）への挨拶性の方を大事にしているからである。あわただしい観光の旅とはいえ、三十年以上もほとんど動かなかった私が近年あちこち遠方へ出かけるようになったのは、良き同行者に恵まれたおかげだ。とりわけ、伊藤君と山崎さんに感謝。

嘱目偶感の俳句もまた、あらゆる表現と同じく、現実の体験から作られるとともに、記憶に累積された過去の作品から作られる。作者が意識するとしないとにかかわらず、俳句も「引用の織物」（宮川淳）である。五七五の上で諸テクストが交差するのだ。「写生」説を唱える一方で膨大な俳句分類に取り組んだ正岡子規は、そのことをちゃんと承知していたはずだ。季語の背後にもほとんど無数の作品が潜在しているだろうが、季語は共有の財産である。季語とは別に、嘱目偶感が他者の表現を呼び寄せ、時には意識の前面に迫り出してくることもある。作意に深く食い入った近代の作品については、作者への表敬の意をこめて、句の下に（〇〇による）と注記し、読者に疎遠かと思われるいくつかは前書に引用した。

なお、一句だけ補足しておくと、〈秋の夜の濡れ吸殻や思惟萎えて〉の「思惟萎えて」の原拠は金子兜太の〈雨天へ曝す屋上ばかり思惟萎えて〉である。この「思惟萎えて」は一読以来三十年以上も私の意識の片隅に貼り付いていたのだった。

その金子兜太氏が先月亡くなられた。九十八歳。二〇一五年秋、『天來の獨樂』をお贈りした時、「天來の獨樂とは夢のごとき詩境よ」と黒のサインペンで強く記された直筆の葉書をいただいた。その下には「金子兜太」と大柄の立派な署名があった。さらに去年は三度、うち一度は熊谷のご自宅を訪問して、親しく謦咳に接し、朗々たる秩父音頭を聴く機会も得た。ひとえに黒田杏子さんが引き合わせ引き廻してくれたおかげである。黒田さんに感謝。

今回も俳句に関わる文章を「随想」として収録した。「読める句集」、「読むに値する句集」

になっていてくれればうれしい。

俳句では基本的に文語を用いている。五七五は文語のリズムだからである。また、文語は旧仮名（歴史的仮名遣い）で書くべきものだから旧仮名を用いている。「ゐ」も「ゑ」も好きだが、何といっても語中語尾の「はひふへほ」が好きだ。ふっと息が抜けるようなその微妙であえかな気息の脱力感。これぞ「やまとことば」だという思いがする。そもそも今記した「思い」にしてからが、一度「思ひ」と書いたら二度と「思い」と書きたくなくなるほどだ。同様に、たとえば「間」のルビは「あわい」であってはならず「あはひ」でなければならないのだし、「淡い」のはかなげな語感は「あわい」でなく「あはい」と表記されねばならないのである。

文字を繰り返す際の踊り字も現代では使われなくなった。「々」「ゝ」「ヽ」「ゞ」「ヾ」「〳〵」「〴〵」等々、実に多様で愛らしい。文章を筆で縦に書いていた時代のゆかしく愉しい発明である。かろうじて生き残っているのは「々」ぐらいだ。近ごろの新聞では漢数字もアラビア数字に直される。文章の横書きすら横行する時代である。踊り字はいずれ消滅するかもしれない。

この句集ではその踊り字を多用し、タイトルも『をどり字』とした。私の目には、「おどり」

はちっとも踊っていないが、「をどり」はたしかに踊っているのだ。その愉しさが句集命名の理由だが、いささか大げさに付け加えれば、消えゆく可憐なものたちへの愛惜であり、反時代的文字美学の実践でもある。

なお、〈をどり字のごとく連れ立ち俳の秋〉で私が思い浮かべていたのは「〻」（二の字点）である。

句の初出は「てんでんこ」八号九号、「俳壇」二〇一六年六月号、「草獅子」創刊号、「鹿首」十一号などである。無所属の私に発表の場を与えてくれた各誌に感謝。

その一冊「鹿首」十一号の自己紹介欄に、俳句の「俳」は批評性でなければならない、と書いた。長く文芸批評に携わってきた者の自覚の表明だが、俳句というジャンルの自己樹立の原点でもあったろうと思う。

第一に、俳句（俳諧）は「俗」に徹することで「雅」という惰性化した支配美学に対する批評を敢行したのだった。滑稽や諧謔もその批評性の実践である。

第二に、私にとってはこちらの方が重要なのだが、五七五を単立させた「もの云えぬ詩形」としての近代俳句は、作品化に際して、つねに意志的な切断を要する。この切断が批評である。

俳句は、その詩形そのものにおいて、空疎な饒舌の時代に対する反時代的な批評なのだ、と思う。

むろん、批評性の尖端には自己批評がなければならない。だが、俳句ではその自己批評が一番難しい。どれほど精密な自己点検につとめても、詩形が短すぎて、読者への効果を測りがたいのだ。

しかし、幸いなことに、俳句の批評は批評で終わるのではない。「創造といふものが、常に批評の尖頂に据つてゐる」（小林秀雄「ランボオⅠ」）。創造は跳躍であり賭けである。本書に収めた二四四句、私の自己批評の尖頂で、いま読者に向けて跳躍する。うまく受け止めてもらえれば幸いである。

『天來の獨樂』と同じく、齋藤愼爾氏の深夜叢書社から出していただくことになり、装幀もまた髙林昭太氏にお願いした。お二人にあらためて感謝。

二〇一八年三月十八日記

井口時男　いぐち・ときお

一九五三年、新潟県（現南魚沼市）生れ。一九七七年、東北大学文学部卒。神奈川県の高校教員を経て一九九〇年から東京工業大学の教員。二〇一一年三月、東京工業大学大学院教授を退職。

一九八三年「物語の身体――中上健次論」で「群像」新人文学賞評論部門受賞。以後、文芸批評家として活動。

文芸批評の著書に、『物語論／破局論』（一九八七年、論創社、第一回三島由紀夫賞候補）、『悪文の初志』（一九九三年、講談社、第二二回平林たい子文学賞受賞）、『柳田国男と近代文学』（一九九六年、講談社、第八回伊藤整文学賞受賞）、『批評の誕生／批評の死』（二〇〇一年、講談社）、『危機と闘争――大江健三郎と中上健次』（二〇〇四年、作品社）、『暴力的な現在』（二〇〇六年、作品社）、『少年殺人者考』（二〇一一年、講談社）、『永山則夫の罪と罰』（二〇一七年、コールサック社）など。句集に『天來の獨樂』（二〇一五年、深夜叢書社）がある。

をどり字

二〇一八年五月十一日　初版発行

著　者　井口時男

発行者　齋藤愼爾
発行所　深夜叢書社
郵便番号一三四―〇〇八七
東京都江戸川区清新町一―一―三四―六〇一
info@shinyasosho.com
印刷・製本　株式会社東京印書館

ISBN978-4-88032-444-9 C0092